HOROSCOPE

IMPÉRIAL

CARMEN SIBYLLINUM

(3 AVRIL 1854)

PAR

P. CHRISTIAN

AVEC PORTRAITS DE LL. MM. L'EMPEREUR ET L'IMPÉRATRICE

PAR

MM. DE FOURNIER ET PHILIPPOTEAUX

PARIS

AUX BUREAUX DE L'ÉCHO DES FEUILLETONS

24 QUAI MALAQUAIS

M DCCC LVI

PRIX : 50 CENTIMES

CARMEN
SIBYLLINUM

3 AVRIL 1854

PAR

P. CHRISTIAN

Victa hominum precibus, cœlestia Numina terram
Coguntur petere, et casus aperire futuros.
PORPHYR. *Carmen Sibyll.*

PARIS
AU BUREAU DE L'ÉCHO DES FEUILLETONS
21, QUAI MALAQUAIS
MDCCCLVI

PARIS. — IMPRIMERIE J. CLAYE,
RUE SAINT-BENOIT, 7.

AU LECTEUR

Cette œuvre n'était, il y a deux ans, qu'un hommage littéraire, fleur de ma solitude, éclose au pied d'un trône où la Grâce est assise à côté de la Force.

Voici la réponse que reçut le poëte :

SECRÉTARIAT DES COMMANDEMENTS

DE

SA MAJESTÉ L'IMPÉRATRICE.

Palais-Royal, le 19 avril 1854.

Monsieur,

J'ai mis sous les yeux de l'Impératrice les vers que vous lui avez adressés.

Sa Majesté a accepté cet hommage avec plaisir, et Elle m'a chargé de vous transmettre ses remerciements.

Recevez, Monsieur, l'assurance de mes sentiments distingués.

Le Bibliothécaire,

PH. DE SAINT-ALBIN.

Deux années ont suffi pour donner à cet hommage son véritable titre ; il revêt aujourd'hui, devant les faits historiques, la puissance d'une révélation.

Sa forme étrange est sans modèle depuis les temps Étrusques. — De là son titre : CARMEN SIBYLLINUM.

L'avenir, dont il soulevait les voiles, s'est épanoui dans la gloire. — De là le droit du poëme à la publicité.

La guerre d'Orient, nos victoires et l'aurore de la paix, couronnées par la naissance prochaine d'un auguste enfant, voilà le sujet de ces stances, traduction d'une étude mystérieuse qui n'eut que Dieu pour témoin, dans la nuit du 3 avril mil huit cent cinquante-quatre.

A cette époque, la guerre s'armait.

L'énigme des batailles s'enveloppait d'ombres lointaines.

Toute l'Europe frissonna, comme la terre de Naples quand tressaille le Vésuve.

La France ne savait point que sa fortune lui gardait, à si peu de distance, les joies d'un double TE DEUM.

Devant le problème qui s'écrivait en lignes ardentes sur l'horizon politique, les plus fortes intelligences de la presse et des salons heurtaient leurs conjectures vacillantes et leurs espoirs contraires sous les ténèbres de l'inconnu.

Au milieu de cette anxiété, deux hommes lisaient seuls dans l'avenir, comme en un livre ouvert.

Le premier contemplait, aux éclairs de son génie, les plans dictés par sa mission providentielle.

Le second, dans le silence d'une nuit jaspée d'étoiles, méditait l'algèbre des cieux.

Tout à coup, les événements prirent corps dans une vision rapide; il en passait la revue, en priant pour sa patrie. — Rendu au calme de sa pensée, il s'aperçut qu'il venait de tracer, d'une main fiévreuse, un réseau de figures géométriques, chargé de chiffres et d'indications sidérales.

Il soumit au calcul, d'après les règles de l'Astromancie chaldaïque, ces indications et ces chiffres; puis, il les traduisit dans les pages qu'on va lire.

Double éclair jailli du même azur, cette Ode est le trait-d'union de deux étoiles :

l'Impératrice — l'Empereur.

Ses images voulaient une forme neuve, sans exemple dans la poésie française.

J'ai créé cette forme. Les derniers mots de chaque vers se répètent *face à face* dans mon *double poëme*, comme l'écho du temple de Delphes répondait aux accents du pâle hiérophante quand l'Esprit fatidique faisait vibrer son âme.

Notre siècle est sceptique ; c'est là son moindre défaut.

— Où sont, me direz-vous, les garanties de cette prétendue science?...

— Elles sont dans les faits accomplis, et dans ceux qui touchent à leur accomplissement.

Quelques jours encore, et la grande cloche de Notre-Dame, répondant aux voix du canon, saluera le berceau dont je suis le prophète, comme elle a salué les victoires que j'avais annoncées.

Souvenez-vous qu'en 1638 Jean Morin, Lyonnais, professeur royal de mathématiques, annonçait à Anne d'Autriche la naissance de ce fils, qui n'était encore qu'une espérance, et que l'Histoire devait un jour nommer Louis le Grand.

Les arcanes des Nombres sacrés, évoqués par le calcul *arithmo-planétaire*, avaient illuminé les veilles de Jean Morin.

Tradition de l'Humanité primitive, cette science des Mages a passé de la Chaldée à l'Égypte, de l'Égypte à la Grèce, de la Grèce aux Romains.

Perdue dans les cataclysmes du vieux monde, elle fut retrouvée par Ptolémée, Pythagore, Apollonius de Thyane, Iamblique, Porphyre, Hippocrate, Proclus, Maxime d'Éphèse, Aristote et Gallien.

Les Pères de l'Église l'ont reconnue. La plupart se faisaient arme des Oracles Sibyllins, pour combattre le paganisme.

Les décisions de plusieurs Conciles ont frappé l'abus des études occultes; mais, le 1er juillet 1586, le 6 février 1653, les docteurs en théologie de la Sorbonne déclaraient que ces mêmes études n'ont rien d'irréligieux et qu'il est permis de les cultiver, pourvu que l'on ne sonde point leurs mystères dans un but criminel.

Le célèbre mathématicien Kepler écrivit, dans sa préface des *Tables Rudolphines* : « Je me repens d'avoir décrié l'Astromancie. »

Les papes Sylvestre II, Honorius, Léon X; le fameux saint Thomas (*Doctor angelicus*), disciple du grand Albert, théologien de Cologne; Jules César, Auguste,

Vespasien, Julien l'Apostat; Charles-Quint, Louis XI, Henri IV, Louis XIII, Richelieu, Mazarin, demandèrent à la théurgie ses secrets redoutables.

Savants et grands hommes, pétris de même argile, s'en vont au même néant. La science seule est immortelle, toujours pure comme sa source increéée.

Malheur à qui la cherche pour tenter Dieu !...

Bénédiction aux âmes qui s'élèvent dans sa clarté pour adorer de plus près les merveilles du Tout-Puissant.

P. CHRISTIAN

Ancien rédacteur en chef du *Moniteur du Soir*,

Paris, 12 février 1856

A L'EMPEREUR

Stabilisque manens, das cuncta moveri.
BOETIUS.

SIRE,

Sous les ombres de Dieu, la Fortune est voilée :
Mais, quand mon œil s'élève à la sphère étoilée,
Et des temps à venir consulte le sommeil,
La Nuit devient un livre, où chaque astre vermeil
Écrit en traits sacrés le destin d'un royaume.
Chaque siècle est un mort qu'un autre siècle embaume :
Sur son soleil éteint monte une autre splendeur.
Pour mesurer sa tombe, immense profondeur,
Il faudrait ici-bas vivre l'âge des chênes.
Mais pour lire les Sorts des races souveraines,
Il ne faut pas toucher l'arche du souvenir :
C'est sur le front des cieux que j'ouvre l'Avenir.

Au sein des arcanes de Dieu
Je vois s'engendrer les comètes,
Et la majesté des tempêtes
Élargir ses ailes de feu.
A ses pieds, je vois l'Espérance
Dissiper un nuage obscur,
Et, vers l'horizon de la France,
La pourpre s'unir à l'azur.

A L'IMPÉRATRICE

...Forsan et hæc olim meminisse juvabit,
VIRGIL. *Æneid.*

MADAME,

Quand la Nuit, à pas lents, de mystères voilée,
Déroule sur les cieux son écharpe étoilée,
Et qu'au souffle divin qui berce leur sommeil,
Les Mondes, caressés par un songe vermeil,
Semblent voguer sans bruit vers l'éternel royaume ;
Quand de secrets parfums ici-bas tout s'embaume,
Que d'hymnes inconnus la magique splendeur
De chaque solitude emplit la profondeur,
Vous rêvez quelquefois, Madame, sous les chênes
Où, moins belles que Vous, ont rêvé tant de reines ;
A ce palais qui garde un morne souvenir,
Votre cœur inquiet demande l'Avenir.

L'Avenir, c'est la paix de Dieu
Quand les formidables comètes
Ont, sur la face des tempêtes,
Épuisé leurs gerbes de feu.
L'Avenir, c'est une espérance
Qui luit au fond du ciel obscur,
Et s'épanouit sur la France
Comme l'aurore dans l'azur.

*

A L'EMPEREUR.

Du creuset bouillonnant où l'Histoire dépose
Le limon qui se mêle à son génie altier,
Je vois, comme un or pur, sortir un siècle entier
Au souffle créateur qui jamais ne repose.

Sur des chemins jonchés d'ennemis abattus,
Quel Homère nouveau, méditant son poëme,
Suit un triomphateur sacré par les Vertus?
Cet Homère est le peuple, et ce peuple vous aime.

L'éclat des anciens jours va se renouveler.
Plus heureux que Renaud, la Gloire est votre Armide,
Et sur le sol français, de nos larmes humide,
La source des héros à grands flots va couler.

La France en armes environne
L'Aigle qui porte ses couleurs,
Et, pour vous, de brillantes fleurs
Le laurier des preux se couronne.
Une étoile, au disque argenté,
Vers l'or de la vôtre se penche :
Sous les plis de son aube blanche
L'Amour s'unit à la Beauté.

A L'IMPÉRATRICE.

De son livre de fer, que l'Histoire dépose,
La Révolution s'efface au choc altier
Du vote universel, et, pour un siècle entier,
Sur ses débris éteints le volcan se repose.

Les arts, dans leur exil trop longtemps abattus,
Vont illustrer bientôt, par un double poëme,
Nos lauriers reconquis et vos saintes vertus :
L'avenir est à vous, car le peuple vous aime !

Que la Gloire et l'Amour viennent renouveler
Dans vos rêves bénis les merveilles d'Armide,
Et si des pleurs voilaient votre prunelle humide,
Que le bonheur soit seul à les faire couler !

Dans l'ombre qui vous environne,
Les sylphes aux roses couleurs
En se jouant couvrent de fleurs
Les perles de votre couronne;
Et, de son nuage argenté,
Sur les bois Diane se penche
Pour semer votre hermine blanche
Des diamants de sa beauté.

A L'EMPEREUR.

Dieu fit germer pour vous la perle des Espagnes,
Joyau tombé des cieux dans les vierges campagnes
Où les anges du soir, bercés sur les flots bleus,
Tout bas rêvent d'amour, cachés à tous les yeux.

Mais des Esprits guerriers l'imposante milice
Vient charger votre bras du poids des temps futurs,
Et jeter dans la coupe, où sont les bonheurs purs,
Les poisons que Bellone aigrit dans son calice.

L'éclair qui fend la nue a marqué les chemins
Par où doit s'élancer, pour un combat suprême,
L'ange exterminateur qui porte les Destins :
L'Avenir est gravé sur son noir diadème.

Empereur ! au sommet des cieux
Monte une flamme éblouissante,
Et l'écho du monde qui chante
Redit votre nom glorieux !
Son destin donne aux Tuileries
L'éternité pour piédestal :
Quand le génie est sans rival,
Ciel et terre sont ses patries.

A L'IMPÉRATRICE.

L'amour créa pour vous le soleil des Espagnes,
Et Grenade aux fruits d'or, et les vertes campagnes
Où vous alliez enfant, au courant des flots bleus,
Mouiller vos pieds d'ivoire et mirer vos doux yeux.

Des oracles sacrés la brillante milice
Ne vous entr'ouvrait pas l'aube des jours futurs;
Mais le myrte, exhalant ses parfums les plus purs,
Devant votre sourire inclinait son calice.

Vous ignoriez encor du trône les chemins,
Et déjà, subjugué par un charme suprême,
Pour saluer l'Empire, où montaient vos destins,
Madrid, quand vous passiez, ôtait son diadème.

Votre étoile aux fêtes des cieux
A pris sa place éblouissante,
Et de son éclat tout s'enchante
Sur nos rivages glorieux.
Ange gardien des Tuileries,
Votre grâce a pour piédestal
Le cœur d'un peuple sans rival
Et les roses de deux patries !

A L'EMPEREUR.

Je vois, vers le Midi, l'étoile des Gusman
Planer, comme un témoin, sur les monts Pyrénées ;
De sa blanche clarté leurs cimes couronnées,
Comme l'autel qui porte un divin talisman,
Se couvrent des héros du grand siècle mauresque.
Grenade, où le laurier s'enlace à l'arabesque,
Recueille les feuillets de son livre effacé,
Et cherche en ses débris la fleur de son Passé :
Fleur vivante, immortelle ainsi que la devise
Qui réveille au tombeau les âmes des aïeux.
Sur la rive des temps que l'Histoire divise,
La fleur s'épanouit en astre radieux.

La France a pour sceptre une épée,
Dont la garde est Napoléon :
Du Capitole au Panthéon
Resplendit sa large épopée !
Et l'Ombre des rois fainéants
A disparu devant l'aurore
Dont les feux jaillissent encore
De la nuit des siècles géants !

A L'IMPÉRATRICE.

Aimez aussi la France, ô fille des Gusman,
Car, plus haut que le front des hautes Pyrénées,
Par vingt siècles fameux nos Aigles couronnées,
D'un règne triomphal portent le talisman.
L'Alhambra qui s'endort sur la cité mauresque,
Dans sa forêt de marbre où fleurit l'arabesque,
Mêle au nom des émirs, par le temps effacé
Parmi les grands tombeaux des gloires du Passé,
L'immortel souvenir de la fière devise
Qu'attachait à son nom le chef de vos aïeux ;
Et l'antique cité, que la Seine divise,
Vous apporte pour dot ses drapeaux radieux.

Aux éclairs, jaillis de l'épée
Du premier des Napoléon,
La France ouvrait le Panthéon
Qu'illumine son épopée.
Après trois règnes fainéants,
Des batailles la rouge aurore
Sur l'Europe s'allume encore
Au foyer des peuples géants !

A L'EMPEREUR.

La perpétuité, ce fruit des dynasties,
Ne mûrit pas aux feux d'un étroit horizon.
Du droit de l'enfanter les races investies
Dans les eaux d'Orient immergent leur blason.
Le premier Bonaparte, au pied des Pyramides,
Interrogeant des Sphinx les mystères splendides,
Apprit d'un vieux Fellah ce secret éternel.
Oh ! ne souriez point, car tout est solennel
Dans les choses que Dieu jusqu'à nous fait descendre!
Sur l'Océan des jours, chassé par le roulis
Qui balaie en grondant les faits ensevelis,
Notre esprit n'est qu'un souffle agitant de la cendre...

Et quand, sur les cieux découverts,
Les astres, en longues phalanges,
Éclairent les signes étranges
Qui sont les lois de l'Univers ;
Quand un soleil pur ou la foudre
Allument la joie ou le deuil,
Le sage, abdiquant son orgueil,
Voit les ténèbres se dissoudre.

A L'IMPÉRATRICE.

La guerre est le pavois des jeunes dynasties;
Le monde est sans limite à leur vaste horizon,
Du droit de commander les races investies
Par le sacre des camps affirment leur blason.
Des plages où le Nil, baignant les Pyramides,
Creuse vers le Delta ses méandres splendides,
Jusqu'au pôle chargé d'un hiver éternel,
L'Orient ressuscite un drame solennel.
Sous les glaces du Nord un trône va descendre,
Comme un vaisseau qui sombre en fendant le roulis,
Et de l'abîme ouvert nos preux ensevelis
Vont sortir, à la voix qui ranime leur cendre.

Dans les champs, de poudre couverts,
Où gisent nos vieilles phalanges,
Minuit sème des bruits étranges
Qui font tressaillir l'Univers;
Et le murmure de la foudre
Annonce à la Russie en deuil
Que le granit de son orgueil,
Comme un plomb vil, va se dissoudre !....

A L'EMPEREUR.

Écoutez et croyez ! Vers l'âpre Moskowa
Mars apparaît sanglant à la steppe alarmée,
Et ses reflets lointains ont rougi la Néwa.
On entend, dans l'espace, un cliquetis d'armée....

Puis, des spectres errants, cortége du trépas,
Sous les fauves lueurs d'un canon fantastique,
Déchirent de la nuit le silence tragique
En fuyant les terreurs qui roulent sur leurs pas...

Puis, d'un linceul chargé de ténèbres profondes,
Se dégage, en tonnant, le signe du Lion....
Au-dessus de l'orage, et plus haut que les mondes,
L'Aigle jette à l'Europe un cri : NAPOLÉON !...

C'est le nom français de la Gloire !
De l'Avenir c'est le flambeau,
Par Vous relevé du tombeau
Qui gardait sa grande mémoire !
C'est à Vous qu'il doit son réveil ;
C'est Vous qui semez l'épouvante :
C'est votre étoile triomphante
Qui dévoile encor ce soleil !

A L'IMPÉRATRICE.

Parmi les brouillards noirs de l'âpre Moskowa
Quelle Ombre étend son bras sur la plaine alarmée,
Et d'un geste vengeur a montré la Néwa?
C'est l'Ombre du héros cher à la Grande-Armée.

Cent bataillons défunts, majesté du trépas,
Autour d'elle rangés en carré fantastique,
Légions qu'enveloppe un silence tragique,
Sur le Kremlin détruit semblent marquer le pas...

Et je vois accourir vers leurs masses profondes
Des bataillons vivants guidés par un lion...
Le qui-vive s'échange, et l'écho de deux Mondes
Répond, des deux côtés : France et Napoléon!...

C'est le mot d'ordre que la Gloire
Éclairait d'un pâle flambeau
Sur le gigantesque tombeau
Que vénère notre mémoire.
La France a sonné le réveil,
Et l'Aigle agitant l'épouvante,
Au sommet des cieux, triomphante,
Va fixer encor le soleil!

A L'EMPEREUR.

Salut donc, Empereur!... Que votre âme charmée
Se confie aux destins dont Vous suivez le cours !
Sur le front des vaincus votre main désarmée
Versera les bienfaits que l'on bénit toujours.

En prodiges du cœur votre race est féconde,
Et la postérité vous en promet les fruits,
Car nos derniers neveux seront par elle instruits
Du nom sculpté par Vous dans les fastes du monde.

Mon esprit, qui s'emporte à la voix des clairons,
S'efforce de saisir la fin de votre histoire :
J'aperçois, à travers la vapeur des canons,
Un berceau qu'à genoux caresse la Victoire...

Mais, de ce chapitre étoilé,
L'aveugle et jalouse Fortune
Veut qu'à ma recherche importune
Le dernier mot reste voilé...
Je vous laisse avec l'espérance :
Cette rose aux parfums si doux
Fleurira bientôt devant Vous,
Sous les prières de la France !

A L'IMPÉRATRICE.

De spectacles plus doux bienheureuse et charmée,
D'un rêve maternel Vous poursuivez le cours.
Vous verrez à vos pieds la France désarmée,
D'un double TE DEUM saluer vos beaux jours.

Les temps vont s'accomplir, où la tige féconde
Aux rayons de l'Amour s'émaillera de fruits;
Par des signes sacrés, les Mages sont instruits
De cette heure que Dieu cache au reste du monde.

Les astres ont prédit qu'à l'appel des clairons
Le premier-né de l'Aigle entrera dans l'histoire :
Sous un dais couronné de l'encens des canons
Il aura pour berceau le char de la Victoire...

Aux pages du livre étoilé
J'allais épeler sa Fortune,
Quand d'une vapeur importune
L'azur tout à coup s'est voilé...
Je n'ai plus vu que l'Espérance :
De ses reflets chastes et doux
Elle s'entourait comme Vous,
En versant des fleurs sur la France !

ENVOI

A SA MAJESTÉ L'IMPÉRATRICE.

J'ai, dans plus d'un combat, souvent prophétisé
Les Sorts qu'aux champs d'Afrique un marabout kabile
M'apprit à déchiffrer sur la sphère mobile;
Puis, le fer du soldat dans mes mains s'est brisé...

Si Vous rêvez encor, Madame, sous les chênes
Où, moins belles que Vous, ont rêvé tant de reines,
De ma prédiction gardez le souvenir,
Car j'ai vu dans les cieux l'ange de l'Avenir.

P. CHRISTIAN.

Paris, 3 avril 1854.

PARIS. — IMPRIMERIE DE J. CLAYE, RUE SAINT-BENOIT, 7.

PARIS. — IMPRIMERIE DE J. CLAYE
RUE SAINT-BENOIT

www.ingramcontent.com/pod-product-compliance
Ingram Content Group UK Ltd.
Pitfield, Milton Keynes, MK11 3LW, UK
UKHW020535230726
13925UKWH00005B/2296